PATO
para
Presidente

Doreen Cronin
Ilustrado por Betsy Lewin

Traducción de Alberto Jiménez Rioja

LECTORUM
PUBLICATIONS, INC.
557 BROADWAY NEW YORK, NY 10012-3919

PATO PARA PRESIDENTE

Spanish translation copyright © 2004 by Lectorum Publications, Inc.

Originally published in English under the title

DUCK FOR PRESIDENT

Text copyright © 2004 Doreen Cronin.

Illustrations copyright © 2004 Betsy Lewin.

Published by arrangement with Simon & Schuster Books for Young Readers,

Simon & Schuster Children's Publishing Division, New York.

1-930332-73-4 (HC)

1-930332-74-2 (PB)

Printed in China.

10 9 8 7 6 5 4 3 2 1

Library of Congress Cataloging-in-Publication Data is available.

A Cathy - D.C.   Por la vida, la libertad y la búsqueda de la felicidad - B.L.

Llevar una granja es un trabajo muy duro.

Al final del día, el granjero Brown está cubierto de heno, semillas, brotes, plumas, mugre, barro, estiércol y manchas de café. De los pies a la cabeza.

Tampoco huele demasiado bien.

Los animales también tienen tareas que hacer.

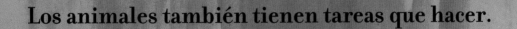

CERDOS- LIMPIAR DEBAJO DE LAS CAMAS

VACAS- ARRANCAR LAS MALAS HIERBAS

OVEJAS- BARRER EL GRANERO

PATO- SACAR LA BASURA

CORTAR EL CÉSPED

MOLER LOS GRANOS DE CAFÉ

Al final del día, los cerdos están
cubiertos de bolas de pelusa.
Las vacas están cubiertas de hierbajos.
Las ovejas están cubiertas de polvo.

Y Pato está cubierto de briznas de hierba
y granos de café.

A Pato no le gustaba hacer tareas.
No le gustaba sacarse las briznas de hierba
y los granos de café de las plumas.
"¿Quién habrá puesto al granjero Brown a cargo?",
se preguntó Pato. "¡Lo que necesitamos son unas elecciones!"
Preparó un cartel y lo colgó en el granero.

A la mañana siguiente, el granjero Brown
encontró un cartel a la entrada de su casa.

El granjero Brown estaba furioso.
Corrió al granero y encontró a los animales
inscribiéndose para votar.

Los ratones se reunieron y protestaron contra el requisito de la estatura. Así que Pato lo tachó.

El día de las elecciones, cada uno de los animales
rellenó una papeleta y la metió en una caja.
Se contaron los votos y se colocó el resultado
en la pared del granero.

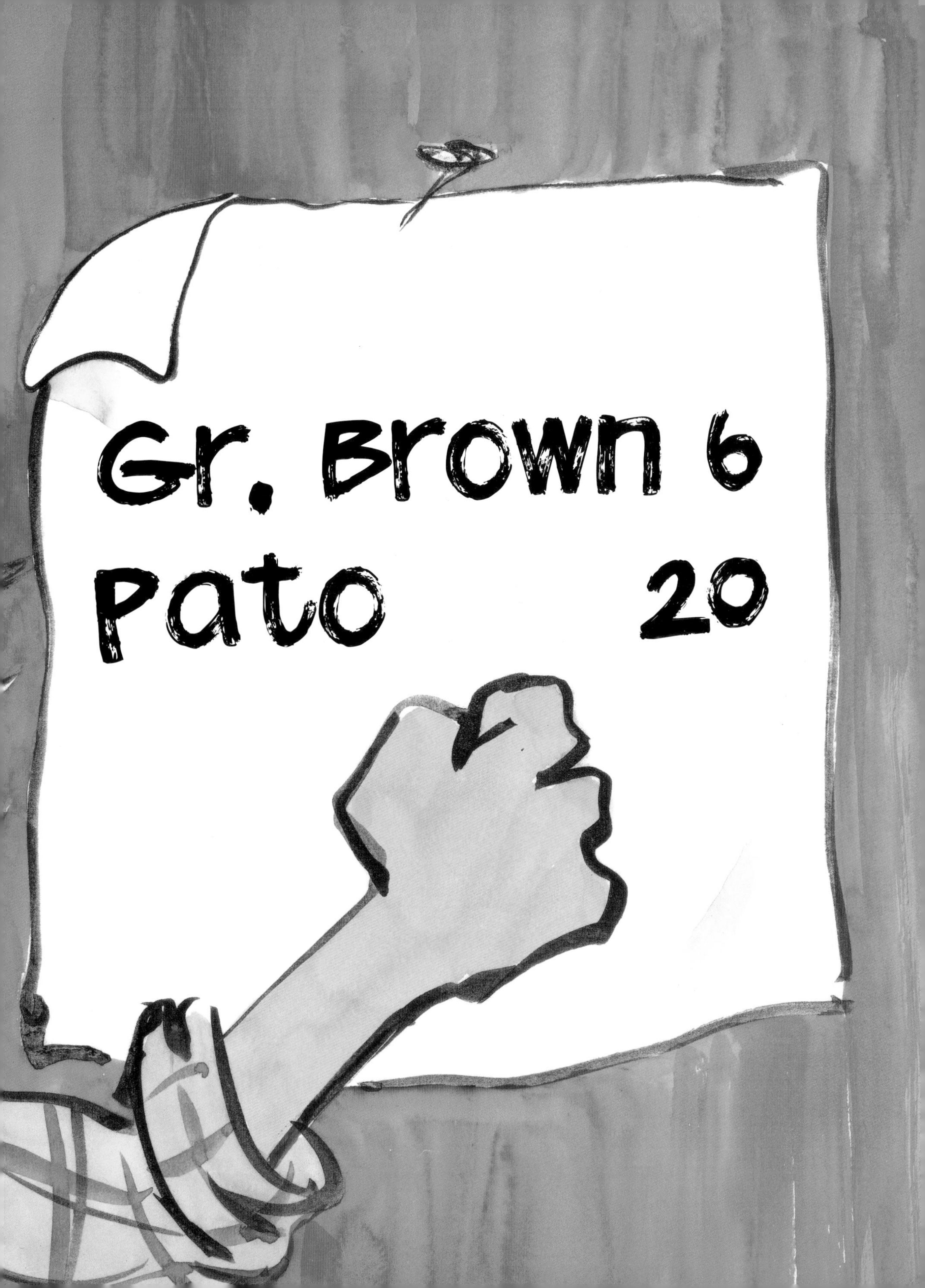
Gr. Brown 6
Pato 20

El granjero Brown exigió un recuento.

Se encontró una papeleta pegada al trasero de un cerdo.

El nuevo recuento era:

Gr. Brown 6
pato 21

Los votantes habían decidido.

Pato quedaba oficialmente a cargo.

Llevar una granja es un trabajo muy duro.

Al final del día, Pato estaba cubierto de heno, semillas, brotes, plumas, mugre, barro, estiércol y manchas de café. De los pies a la cabeza.

"Llevar una granja no es nada divertido", pensó Pato. Entonces tuvo una idea.

Esa noche, Pato y sus ayudantes comenzaron a trabajar en la campaña de Pato para gobernador.

Pato dejó al granjero Brown a cargo
y emprendió la campaña electoral.

Visitó restaurantes de pueblos pequeños.

Organizó desfiles.

Se reunió con la gente de los pueblos.

Pronunció discursos que sólo los patos podían entender.

El día de las elecciones, los votantes de todo el estado rellenaron las papeletas y las depositaron en las urnas.

Se contaron los votos y se publicó el resultado
en los periódicos.

La gobernadora exigió un recuento.

Se encontraron dos papeletas pegadas
debajo de un plato de panqueques.

El nuevo recuento era:

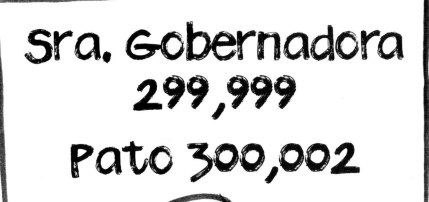

Sra. Gobernadora
299,999

Pato 300,002

Los votantes habían decidido.

Pato quedaba oficialmente a cargo.

Llevar un estado es un trabajo muy duro.

Al final del día, Pato estaba cubierto de los pies a la cabeza de laca, tinta, cinta adhesiva, huellas dactilares, mayonesa y manchas de café.

Y tenía un horrible dolor de cabeza.

"Llevar un estado no es nada divertido", pensó Pato. Entonces tuvo una idea.

Esa noche, Pato y sus ayudantes comenzaron a hacer carteles para las elecciones presidenciales.

Pato dejó a sus ayudantes a cargo y se puso de nuevo a hacer campaña.

Visitó restaurantes.
Besó bebés.

Encabezó desfiles.

Pronunció discursos que sólo
los patos podían entender.

Incluso tocó el saxofón en un programa de televisión.

El día de las elecciones, los votantes de todo el país rellenaron las papeletas y las depositaron en las urnas.

Se contaron los votos y se anunció el resultado en la CNN.

AMÉRICA DECIDE

SR. PRESIDENTE
50.546.165
PATO
50.546.170

...PATO DERROTA AL PRESIDENTE...

El presidente exigió un recuento.
Se encontraron diez papeletas pegadas
al trasero del vicepresidente.

El nuevo recuento se anunció en la CNN.

AMÉRICA DECIDE

SR. PRESIDENTE
50.546.165
PATO
50.546.180

...PATO SIGUE DERROTANDO AL PRESIDENTE....

Los votantes habían decidido.
Pato quedaba oficialmente a cargo.

Llevar un país es un
trabajo muy duro.

Al final del día,
Pato estaba cubierto
de los pies a la cabeza
de polvo para la cara,
grapas, distintivos,
agentes del servicio secreto
y manchas de café.
Y tenía un horrible dolor
de cabeza.

"Llevar un país no es nada
divertido", pensó Pato.

Entonces tuvo una idea.

Revisó las ofertas de trabajo
en los clasificados.

★ SE NECESITA PATO ★
No se requiere experiencia.
Debe ser capaz de cortar el césped
y moler granos de café.

Pato dejó al vicepresidente a cargo
y se dirigió de vuelta a la granja.

Ahora, al final del día, el granjero Brown está cubierto de los pies a la cabeza de heno, pelo de caballo, semillas, brotes, plumas, mugre, barro, estiércol, manchas de café y pintura roja.

Y Pato....

...escribe sus memorias.